SV

Die *Rede an die Jugend* hielt Wolfgang Hildesheimer anläßlich der Verleihung des Weilheimer Literaturpreises im März 1991. Verliehen wurde der Preis durch eine aus sieben Schülerinnen und Schülern bestehende Jury, die mit ihrer Auswahl Gleichaltrigen insbesondere die Lektüre der Bücher von Wolfgang Hildesheimer empfehlen will – »dessen Vielseitigkeit, stilistische Brillanz und Gedankentiefe uns fasziniert haben«.
Eine kluge Einrichtung, dieser Weilheimer Preis. In dreifacher Weise beruft er sich auf die Zuständigkeit der jungen Leser: Als urteilsfähig erkannt, bilden sie die Jury, die wiederum die Altersgenossen als ›lesefähig‹ einschätzt. Und dieser hohen Meinung stimmt der Preisträger zu, indem er eine Rede hält, die Einsicht und Verantwortung voraussetzt. Wolfgang Hildesheimer, der Ausgezeichnete, hält seine jungen Leser für fähig, an der Beantwortung der Frage mitzudenken, ob es – angesichts der irreversiblen Schäden, die ihr zugefügt wurden – denn nicht schon zu spät sei für unsere Erde. Und er verweist auf die Notwendigkeit, radikal umzudenken, und weist darauf hin, daß man »zum Umdenken denken können« muß und daß dies leider nicht jedermanns Sache sei. Der »Jugend« muß er es zugetraut haben, denn ohne Überzeugung hätte er diese Rede nicht halten können, die sein ernstestes Thema behandelt: »Die Apokalypse droht ... Sie wird, wenn sie kommt, auch die Gerechten vernichten.« Dieses Zitat stammt aus dem Buch *Klage und Anklage*, das auch Hildesheimers Einspruch gegen Mozarts Requiem enthält: *Herr, gib ihnen die ewige Ruhe nicht*. Es war das einzige Thema, das Wirklichkeit hatte für ihn.
Er starb am 21. August – kaum hatte er der *Rede an die Jugend* »Ein Postscriptum für die Eltern« hinzugefügt, damit beides zusammen diesen Band ergebe. Auch den Eltern gibt er auf, ein zentrales Problem unserer Zeit zu bedenken, indem er den berühmten Satz des älteren Cato abgewandelt zitiert: »ceterum censeo progenies hominum esse diminuendam.«
Ein Abschiedswort, dem zwei der letzten Collagen hinzugefügt sind.

Es sind erschienen:
Die *Gesammelten Werke in sieben Bänden* und *Landschaft mit Phoenix*, der dritte Band der Collagen.

Flucht

Desintegration

Wolfgang Hildesheimer

Rede an die Jugend

Mit einem Postscriptum
für die Eltern
und zwei Collagen
Nachwort von
Christiaan L. Hart Nibbrig

Suhrkamp

Erste Auflage 1991

Satz: LibroSatz, Kriftel
Druck: Nomos Verlagsgesellschaft, Baden-Baden
Bindung: Münchener Industriebuchbinderei
Urban Meister GmbH
Printed in Germany
ISBN 3-518-40424-9

Die *Rede an die Jugend* hielt
Wolfgang Hildesheimer anläßlich
der Verleihung des
Weilheimer Literaturpreises 1991.

»Die sieben Schülerinnen und Schüler des Gymnasiums Weilheim, die die Jury bildeten, möchten mit ihrer Wahl Gleichaltrige dazu ermuntern, mehr zeitgenössische Literatur zu lesen: ›Besonders empfehlen wir die Bücher von Wolfgang Hildesheimer, dessen Vielseitigkeit, stilistische Brillanz und gedankliche Tiefe uns fasziniert haben. Seine witzigen *Lieblosen Legenden*, sein Hochstapler-Roman *Paradies der falschen Vögel*, seine Theaterstücke und Hörspiele, z. B. *Unter der Erde*, haben uns besonders gefallen. Aber auch schwierigere Werke wie *Tynset* und *Mozart* möchten wir unseren Altersgenossen empfehlen.‹«

Rede an die Jugend

Liebe Schülerinnen und Schüler,
meine Damen und Herren,
zunächst möchte ich mich bei der Jury, bei den Stiftern und Spendern sehr herzlich für den Preis bedanken. Er ist nicht mein erster, dafür aber wahrscheinlich mein letzter Literaturpreis. Und diesen letzten Preis von Jugendlichen zugesprochen zu bekommen ist für einen bald Fünfundsiebzigjährigen eine Ehre, um die ihn wohl viele beneiden würden, wenn sie damit nicht auch die fünfundsiebzig Jahre in Kauf nehmen müßten.
Die vorige und erste Preisträgerin war Ilse Aichinger. Ihre Rede war eindringlich, inspiriert und voller Elan, sie war einer großen Schriftstellerin würdig. Als Ausgangspunkt diente ihr ein Spruch, den sie irgendwo auf einer Mauer vorgefunden hatte. Er lautete: HALTET DIE WELT AN, ICH WILL AUSSTEIGEN! So unverbindlich, weil ungefährlich und anonym, es auch sein mag, einen solchen Satz unbeobachtet irgendwo hinzuschreiben –, im Gegensatz zu Ilse habe

ich Sympathie für einen solchen Geheimschreiber. Nur wäre ich, gesetzt den Fall, daß ich diese Art symbolischer Subversion pflegen würde, an seiner Stelle weitergegangen und hätte eine Aufforderung an alle, die mit dieser Welt nicht mehr zufrieden sind, miteinbezogen, es mir gleichzutun, um anderswo, auf einem wohnlichen Planeten unserer Wahl, eine neue Gesellschaft zu gründen, deren moralische Gesetze vielleicht von den unseren noch nicht einmal so verschieden sind, deren Einhaltung aber alle Mit-Umsteiger garantieren müßten. Natürlich wäre der Wortlaut eines solchen Konzeptes schwerlich an einer Mauer unterzubringen. Zudem wäre – das sei zugegeben – die Aufforderung vage, unreflektiert und defätistisch. Daher würde ich sie wohl doch dahingehend einschränken, daß wir auf unserer Erde bleiben und versuchen, sie grundlegend zu verändern.
Nur steht da, an Bedrohlichkeit zunehmend, die Frage vor uns, ob es dazu nicht schon zu spät ist, angesichts der irreversiblen Schäden, die wir ihr zugefügt haben. Wir können den

Schwund der Bewohnbarkeit unserer Erde nicht verhindern, er muß wohl in das Programm der Natur – oder, wenn man so will, in Gottes Programm – eingeplant sein. Das Gesetz von Werden und Vergehen – dem übrigens alle Künste die wesentlichen Impulse verdanken, dem schließlich alle irdischen Dinge unterliegen –, wie könnte es sein, daß es für die Erde selbst nicht gelte! Vielleicht weil in diesem Fall das Vergehen der Schuld des Gewordenen entspringt? Ich meine: wir sind dermaßen mit dem Werden präokkupiert, daß wir nicht merken, wie gewaltsam und tödlich das Vergehen sich vollzieht. Wir können demnach unseren Untergang nicht verhindern. Wohl aber können wir ihn vielleicht um Wesentliches hinausschieben. Dies allerdings nicht, ohne radikal umzudenken. Ich benutze das Wort »umdenken« nicht gern, weil sich immer noch so wenige etwas darunter vorstellen können, obgleich es zum Gemeinplatz geworden ist. Wir kommen aber ohne es nicht mehr aus, und schon gar nicht, ohne die Konsequenzen daraus zu ziehen.

Ich gelte als Pessimist. Dieser Begriff wird unterschiedlich definiert. Er wird meist mißdeutet oder verkannt, daher auch verhöhnt. Den ehrlichen Pessimisten kann wohl nichts mehr erfreuen, als daß er unrecht hat und durch ein entstehendes oder entstandenes Ereignis widerlegt wird. Denn mit Worten gibt er sich nicht zufrieden, er mißtraut ihrem objektiven Wert. Sein Pessimismus ist empirisch, er ist nicht etwa das Resultat einer morosen Veranlagung oder eines physischen oder vegetativen Defektes. Vielmehr entspringt er der geistigen Verarbeitung kollektiver, objektiver oder intersubjektiver Erfahrung. Er registriert jede Stufe der Veränderung im Weltgeschehen, jede Anomalie und jeden Mißbrauch veränderter Gegebenheiten, wobei er sich des Satzes »Ich hab's ja gleich gesagt« tunlichst enthält.
Es ist unrichtig zu behaupten, daß der Pessimist das Positive nicht sehe. Er sieht es, genießt es vielleicht noch mehr als der Optimist, der an die Permanenz des Schönen und des Sublimen glaubt. Freilich: er kommentiert es meist nicht, denn das gleichblei-

bend Positive überläßt er dem Kommentar der anderen. Darin liegt vielleicht der Fehler, der ihn unbeliebt macht. Notwendigerweise hängt die Qualität seiner Interpretationen von der Qualität seiner Wahrnehmungsgabe und der Überzeugungskraft seiner Mitteilung ab. Er verlangt das Umdenken als einziges Mittel zum Überleben und zur Weitergabe des Lebens. Er widerlegt den frivolen und hartnäckig aufrechterhaltenen Gemeinplatz, daß es fünf vor zwölf sei, mit dem anscheinend immer wieder notwendigen Hinweis darauf, daß der Sekunden- oder Minutenzeiger nicht stillsteht. Die Zeit zu einer Umkehr oder zur Umwertung der grundlegenden Werte unserer Existenz sei so gut wie verstrichen, zwölf sei lang vorbei. Dennoch sei Morgengrauen nicht in Sicht, und erst recht kein Silberstreif am Horizont.

Nun muß man freilich zum Umdenken denken können, und das ist leider nicht jedermanns Sache. Mit »denken« meine ich nicht »an etwas denken« oder »über etwas nachdenken« oder »etwas bedenken«, sondern ich verstehe es als fortwährendes kontrapunktisches Selbstgespräch, als aktiven Vollzug, eine essentielle Stimme in der Partitur unseres Lebens, daher unaufhörliche Kontrolle all unseres Tuns und Lassens. Denken und Fühlen sollten in uns untrennbar durch einander bedingt sein. Die Frage »Warum tue ich das, was ich tue?« begleite uns immer. Und das Generalthema dieses Denkens in unserer Gegenwart ist die fortschreitende, ins Unüberblickbare sich steigernde Zerstörung der Erde, deren Zeugen wir sind und deren Urheber wir nicht sein wollen.

Bezeichnend für die Problematik, für den Zwiespalt im menschlichen Bewußtsein und für die Begrenztheit unserer Aufnahmebereitschaft ist, daß das Zuendedenken vieler unserer die Zukunft betreffender Gedanken auf ein Tabu stößt. Daß an einem bestimmten Punkt der Vorhang fällt, die Konvention einsetzt und uns zwingt, die angefangene Reihe der Folgerungen abzubrechen und den Rest des vorgenommenen Denkmaterials ungedacht zu lassen. Das Hindernis beginnt bei der Verdrängung des Gedankens an die sich grenzenlos potenzierende Übervölkerung der Erde. Sie ist unser fundamentales Problem, von dem alle anderen Probleme ausgehen. Darüber zu sprechen wäre Sache eines Statistikers, der die beängstigenden Zahlen authentisch wiedergeben könnte. Dennoch möchte ich zu bedenken geben, daß die Zahlen bisher noch bei jeder nationalen Zählung über die Prognosen der Experten hinausgegangen sind. Vor drei Jahren ergab die Volkszählung in China zehneinhalb Millionen Einwohner mehr als vorhergesagt.

Doch zurück zu diesem eigentümlichen und doch so verständlichen Tabu. (Ich habe übrigens kein deutsches Wort für »Tabu« gefunden. Es ist das, wovon man nicht spricht. Nun ließe sich argumentieren, daß es für das, wovon man nicht spricht, auch kein Wort zu geben braucht. Aber das wäre ein allzu sprachfeindlicher und resignativer Standpunkt.)

Zum Tabu: wir alle hegen – wahrscheinlich aus Gewohnheit, aber ebenso gewiß auch vom Willen zur Verdrängung bewegt – eine Zuversicht in die Zukunft, die unserem wahren Zustand nicht entspricht. Die meisten von uns zum Beispiel betrachten das sogenannte Wirtschaftswachstum – übrigens kein adäquates Wort, da es organische Evolution vortäuscht –, das Wirtschaftswachstum also, das pro Jahr, unbeirrt zukunftsträchtig, steigt, als eine unbezweifelbare Errungenschaft. Wir müssen uns aber darüber im klaren sein, daß es sich hier nicht nur um eine Hochrechnung von Leistung und Gewinn handelt, sondern auch um konkret Expandierendes. Daß all dieses Wachstum zu Material wird und sichtbar, spürbar, riechbar sich vergrößert. Und zwar nicht nur nach oben, sondern auch, auf meist unberechenbare und unheimliche Weise, nach unten in die Erde, wo es sich der sogenannten »Entsorgung« – ebenfalls ein Unwort – entzieht. Es breitet sich in die Fläche aus, wo es, zunehmend, Natur verdrängt, auf die wir aber immer mehr angewiesen sind. Ich kann Ihnen nicht angeben, wie viele Quadratmeter Natur auf der Erde pro Minute

Flucht

verlorengehen, denn auch diese Zahl potenziert sich ständig. Ein Schweizer Bundesrat hat 1988 festgestellt, daß, wenn das Ausmaß der Bautätigkeit im Kanton Zürich konstant bleibt, der gesamte Kanton bis zum Jahr 2020 zubetoniert sein wird. Das Ausmaß bleibt aber nicht konstant, es hat inzwischen zugenommen.

Ich weiß aus Erfahrung, daß die Jugend sich dieser aus dem »Wachstum« entstehenden Probleme weitaus mehr bewußt ist und sie kritischer betrachtet als Erwachsene oder gar Über-Erwachsene wie ich, da sie mit dem Entstehen der Fehlentwicklung und der daraus resultierenden anwachsenden ökologischen Notlage groß geworden ist und diese sich tiefer in ihr Weltbild eingeprägt hat. Ich versuche, das Wort »Umwelt« zu vermeiden. Nicht nur wird es zum Gemeinplatz, auf dem sich, zunehmend, auch die Alibi-Sucher tummeln, sondern der Begriff ist auch zu schwach. Er klingt, als handle es sich um den wohlbestellten Garten, der unsere menschliche Behausung umgibt. Natürlich ist das Wort nicht mehr zu umgehen, aber es bleibt

ein Euphemismus und eine Verharmlosung. Denn es handelt sich ja nicht nur um die Umwelt des Menschen, sondern um die Erde schlechthin, die Länder, die Meere, und damit – wahrhaftig nicht zuletzt – um das Reich der Tiere, Gottes andere und schon seit Ende der Sintflut benachteiligten Geschöpfe; um den machtlosen Partner des Menschen, um den es von Stunde zu Stunde schlechter bestellt ist und der, wie ich fürchte, in der Nachwelt zur Legende wird – sofern es eine Nachwelt gibt, die Legendenbildung gestattet.
Ich brauche nicht auf die verschiedenen Methoden der Ausrottung von Tieren einzugehen. Wöchentlich lesen wir über Spezies, die, wenn auch nicht durch unsere Schuld, so doch mit Hilfe unserer Gleichgültigkeit aussterben oder schon ausgestorben sind. Wie viele von uns sind sich im klaren darüber, daß eine Welt ohne Tiere auch für uns unbewohnbar wird! Wir würden ihr Aussterben nur um wenige Generationen überleben.
Natürlich gibt es Organisationen wie »Green-

peace«, die sich der Rettung der Tiere annehmen, und zwar meist in gefährlichen Einzelaktionen, die freilich oft nur von symbolischem Wert sind, da der Trend sich nicht in dieser Richtung entwickelt. Fatalismus und Gleichgültigkeit herrschen vor. Und so erstirbt das animalische Leben auf der Erde, in den Bergen, den Wäldern, Steppen und Gewässern, ohne daß wir eine durch überzeugende Fakten begründete Hoffnung hegen könnten, daß unser Planet sich regeneriere und neues Tierleben hervorbringe.
Liebe Schüler und Schülerinnen, meine Damen und Herren: All dies haben Sie schon mehrfach gehört oder gelesen oder sogar schon selbst formuliert. Vielleicht sind viele von Ihnen der Aufforderung, Tieren zum Überleben zu helfen, schon längst gefolgt und praktizieren ihre Hilfe mit Selbstverständlichkeit. Ich wollte dieses Thema auch nicht strapazieren, sondern einen Appell an jene richten, die mir potentiell beipflichten, sich aber die Situation noch nicht so weit ins Bewußtsein gerufen haben, daß sie aktiv geworden wären.

Tierliebe manifestiert sich nicht darin, daß man einen Hund hält. Sie ist vielmehr ein fundamentales, im Herzen verankertes Gefühl der Zusammengehörigkeit und des Mitleids, ja, der Verwandtschaft aller Lebewesen, die sich in die Schöpfung gerecht und ihrer Art gemäß teilen sollen. Sie ist überdies das notwendige Verlangen, die Grundgesetze der Liebe und der Toleranz durchzusetzen.

Und hier fällt eine Schuld auf die Intellektuellen, die Schriftsteller zumal. Sie sind mit überwältigender Mehrheit tierfremd. Es fehlt ihnen damit eine wesentliche Dimension in der Wahrnehmung irdischer Phänomene und somit natürlich auch der Wunsch, sie in ihr eigenes Leben zu integrieren. Die letzten Tierliebhaber unter den Schriftstellern waren Wolfdietrich Schnurre und Günter Eich.

Schriftsteller und Geisteswissenschaftler sind ihrer Veranlagung nach homozentrisch, denn die Menschen und ihre Beziehung zueinander sind nicht nur ihr Material, sondern auch ihr Thema. Da die Menschheit sich heute in einem Zustand befindet, der ihr zunehmend gebietet, nicht nur auf die Stimme der Natur zu hören, sondern auch ihren dringenden Anforderungen gerecht zu werden, entsteht für den Schriftsteller eine neue Lage: Das zwischenmenschliche Aktionsfeld und damit der Ort, an dem die Fabel sich vollzieht, verblaßt angesichts der drohenden Allgegenwärtigkeit geschändeter Natur in all ihren Erscheinungsformen. Bald wird der Mensch ihr nicht mehr gewachsen sein. Er wird hilflos wie die Tiere, doch im Gegensatz zu ihnen wird er mit seiner schweren Schuld konfrontiert. Angesichts dieser Lage wird ihm das Erzählen vergehen, er beginnt, seine neue Situation zu erforschen. Sein Werk wird entweder zum Zustands- oder zum Rechenschaftsbericht – offene oder verschlüsselte Autobiographie ist ja heute schon an der Tagesordnung – oder, umgekehrt, es wird zur Rekapitulation aller erfahrbarer Schönheit dieser Welt.

Zwei bedeutende Schriftsteller der Gegenwart seien hier als Beispiel genannt: Günter Grass prüft den objektiven Befund der Erde

und teilt sein Erleben, zum Teil grafisch, mit. Peter Handke berichtet subjektiv über seine Befindlichkeit und setzt ein in seiner Qualität einmaliges Beispiel inneren Erlebens. Geschichten erzählen beide nicht mehr, die Geschichten sind erzählt. Ihre Texte sind eindringliche Hinweise, bei Grass auf den Zerfall unseres einst so wunderbaren Lebensraumes, bei Handke auf die tiefe, beruhigende Wirkung des noch Bestehenden, wenn man so will, des Heilen.
Liebe Schülerinnen und Schüler: Dies ist nun doch keine wirkliche, sinngerechte oder gar ermutigende »Rede an die Jugend« geworden, und ich möchte Ihnen fast raten, sie als eine subjektive, aber ehrliche Rechtfertigung eines alten Schriftstellers für sein Verstummen zu betrachten. Ein Schriftsteller mag durch mehrere Generationen hindurch leben und alt werden, aber seine wahrhaft und wahrhaftig auswertbare Erlebnis- und Erfahrungskraft baut sich auf den Stadien seiner Jugend und seiner Frühzeit auf. Und ich bezweifle sehr, ob er, in dieser Zeit lebend, noch einmal sein kreatives Bewußt-

sein auf die rapide sich verändernden Verhältnisse völlig umstellen kann, ohne sich von den Sichtweisen und Denkschemata seiner Frühzeit beeinflussen zu lassen. Gewiß: kein Leser verlangt Objektivität von ihm, aber er selbst muß das Objektive wägen können, um zu wissen, wie weit er sich davon entfernen kann.

Es gibt zwar Werte, die ewig sind – obgleich man auch daran heute zweifeln möchte –, aber es gibt keine generationenüberdauernden Regeln des menschlichen Zusammenlebens und der entsprechenden Kommunikation. Die Zukunft ist unsicher, und jede neue Entwicklungsstufe trifft uns letztlich unvorbereitet. Sie erschreckt und überfordert uns immer wieder aufs neue. Daher wären mahnende Worte eines alten Mannes an die Jugend eine Zumutung für sie. Der Ausruf »In Euren Händen liegt die Zukunft!« wäre nicht nur fehl am Platz, er wäre schamlos und zynisch. Noch bis vor kurzem zum Beispiel lag ein erheblicher Teil der Zukunft in den Händen eines brutalen Gewaltherrschers und Umweltverbrechers von epochalem Zuschnitt. Und in wessen Hände sein Teil der Erde nach ihm gerät, steht dahin, ebenso wie die Frage, ob es jemals so friedlich wird, daß wir uns der Erde als Natur annehmen können.

Wir sind also, wie so oft in unserer Zeit, auf das Hoffen angewiesen. Im Hoffen sind Sie, liebe Schülerinnen und Schüler, stärker und fester, als ich es bin. Und mein sehnlicher Wunsch wäre, daß Sie es nicht umsonst tun und später auf einer Erde leben können, deren Rettung sie Ihnen zu verdanken hat.

Ich weiß, daß ich in dieser Rede nicht viel gesagt habe. Dennoch habe ich ein gutes Gewissen, denn ich habe Sie nicht angelogen. Und ich hoffe, daß dereinst der nächste Preisträger meine Worte mit Fug und Recht in den Wind schlagen kann.

Desintegration

Ein Postscriptum für die Eltern

Nein, ich habe die Jugendlichen von Weilheim nicht angelogen. Aber ich habe ihnen auch nicht alles gesagt, was ich zu dem Thema Zukunft zu sagen habe. Ich wollte und mußte auf den Charakter der Veranstaltung und auf die Gestimmtheit aller ihrer Teilnehmer, einschließlich meiner selbst, Rücksicht nehmen. Weilheim ist katholisch und konservativ. Mit dieser Feststellung verbinde ich keinerlei Wertung. Ich habe mich in Weilheim und unter Weilheimern sehr wohl gefühlt. Das Gymnasium erschien mir als eine Stätte, wenn nicht gar eine Insel, humanistischer Kultur, sozusagen ein funktionierender Bildungsbetrieb, und dies ohne falsche Beflissenheit oder utilitaristische Ausrichtung. Daß heute noch Schüler bereit sind, von ihren Lehrern zu lernen, ist ebensowenig eine Selbstverständlichkeit wie ihr Interesse an den Künsten und das sich daraus ergebende Engagement.

Zu einem prachtvollen Bildband über die Hainburger Auen in Niederösterreich – man erinnert sich: ein unvergleichlich reicher, ja, exemplarischer Biotop sollte zerstört werden, um einem Atomkraftwerk Platz zu machen; doch diesmal blieben die Naturschützer Sieger im Kampf um die Natur, und das Gebiet steht unzerstört und wunderbar –, zu diesem Buch also hat der inzwischen verstorbene Zoologe Bernhard Grzimek ein Geleitwort geschrieben. Sein Namenszug erscheint faksimiliert und zeigt darunter einen Stempelabdruck mit dem Satz: ›ceterum censeo progenies hominum esse diminuendam‹: der berühmte Satz des älteren Cato, das klassische Beispiel des accusativ cum infinitiv (kurz a. c. i. genannt) auf das zentrale Problem unserer Zeit angewandt.
Ich denke, der Leser kann Lateinisch, oder es steht ihm ein Übersetzer zur Verfügung. Denn ich habe keine Lust, den Satz zu übersetzen. Sätze, die ein potentieller Leser oder Zuhörer, zu Recht oder zu Unrecht, als Zumutung, als Peinlichkeit oder als Eindringen in seine Privatsphäre betrachten mag, spre-

che man besser auf einer Ebene aus, die den Widerstand der Übertragung bietet, auf der sich zum Verständnis sowohl der sich Äußernde als auch der Adressat verfremden muß und die Unbefugte und Ignoranten abweist. Der Leibarzt der Kaiserin Maria Theresia, Gerard van Swieten, verordnete seiner Patientin gegen ihre anfängliche Kinderlosigkeit eine manuelle reizerregende Vorbereitung auf den ehelichen Vollzug; und dies selbstverständlich auf Lateinisch, das ja, wie wir es kennen, selten – wenn auch nicht niemals – unter die Gürtellinie zielt. Offensichtlich hat die Verordnung gewirkt, denn die Kaiserin gebar danach, in verhältnismäßig schneller Folge, sechzehn Kinder; ›schenkte ihnen das Leben‹, wie man sagte und vielleicht noch sagt, wenn auch wohl kaum in Mittelafrika oder Südamerika oder Indien.

Progenies hominum also: das furchtbare Problem, auf dem sich, direkt oder indirekt, alle – wirklich alle – Probleme der Menschheit gegenwärtig aufbauen; alle sind, mitunter auf Umwegen und mit verspätungfördernden Zwischenstationen, auf dieses Problem zurückzuführen.

Wohlgemerkt: ich formuliere hier nicht, wie meine Rede hätte lauten sollen. Über Fortpflanzung und die verheerenden Folgen ihres Exzesses hätte ich vorsätzlich mit Jugendlichen niemals gesprochen. Manch eine oder manch einer hätte auf die Idee kommen können, sich selbst für ein Beispiel dieser Potenzierung zu halten, zu Unrecht. Es waren Sechzehn- bis Neunzehnjährige. Zur Zeit ihrer Geburt existierte das Problem zwar schon, und mancher eindringliche Warner – zumal der ›Club of Rome‹ – hatte seine Vorhersage in deutlichere und drohendere Worte gefaßt als zuvor, aber die physische Katastrophe hatte sich noch nicht so abgezeichnet, daß man sich seiner Wahrnehmung nicht hätte entziehen können. Es erforderte noch keine Neudisposition der Lebensgestaltung, noch keine Einschränkung, keinen Zusatz zu täglichen Verrichtungen, kein ›Abfall-Bewußtsein‹. Es lag daher nicht näher als die wachsende Anzahl der heutigen Probleme mit noch unbestimmtem Kern, die erst nächstes Jahr oder nächste Woche oder morgen vormittag auf uns zukommen. Wer von den Atomtechnikern dachte vor zwanzig Jahren an das, was man heute ›Entsorgung‹ nennt! Man sprach, und zwar allen Ernstes, von ›sauberer Energie‹. Atommüll gab es so wenig wie die Angst davor, und offensichtlich – hier beginnt man am Verstand der verantwortlichen Wissenschaftler zu zweifeln – wurde auch keiner erwartet. Erfinder sind eben nicht dieselben wie jene, die die Folgen und die Überreste der Erfindung zu beseitigen haben. Aber zugrunde gehen werden sie daran wie wir alle, und gerechterweise auch jene, die ihnen, verantwortungsfremd, den Wertfreibrief ausgestellt haben.

Es versteht sich, daß ich niemals mit Eltern oder werdenden Eltern, an die ich mich allerdings hiermit wende, über die Konsequenzen der progenies gesprochen habe. Was ich ihnen zu sagen hätte, würde eine Sphäre bedingen, die wiederum nur auf lateinisch betretbar wäre. Aber fragen kann ich auch deutsch, nämlich: Wie stellt ihr euch die Zukunft eurer Kinder vor? So wie die eure einmal war? Glaubt ihr, daß ihr Leben an dem euren meßbar sein wird? Wißt ihr Bescheid über den unaufhaltsamen Schwund und die gleichzeitig – nachweislich – sich potenzierende Belastung der Elemente, die sie zum Leben brauchen? Was wird aus dem Wasser, der Luft, der Erde in fünfzig Jahren geworden sein? Und aus dem Feuer? Den lodernden Wäldern und Ölquellen? Und was wird aus dem fünften Element, nämlich dem Atommüll? Denn im Gegensatz zum Menschen ist er nicht aus der Welt zu schaffen. Glaubt ihr, daß eure Kinder dereinst, etwa um das Jahr zweitausendsechzig, nach einem erfüllten Leben, in dem sie etwas geschaffen oder aufgebaut haben, umringt von ihren Kindern und Kindeskindern, friedlich im Bett sterben werden? Oder – gebt es wenigstens zu! – macht ihr euch keinerlei Gedanken darüber? Oder überlaßt ihr es zuversichtlich dem Schicksal oder Gott? ›Es renkt sich alles wieder ein‹, ›irgendwie‹. Glaubt ihr das? Ja oder nein?

Was uns alle am Leben hält, ist die Verdrängung. Doch selbst die unwandelbaren Egoisten unter uns, jene, die zu Mitgefühl oder Mitleiden unfähig sind –, und wir alle, ob wir es wollen oder nicht, stumpfen gegen Information der Medien über die zunehmenden Schrecken der Erde ab, so daß uns allmählich das Wort ›grauenhaft‹ in der Kehle steckenbleibt –, alle von uns müßten doch zumindest die Angst kennen, Angst vor der Vergiftung unserer Erde, der Verdunkelung des Himmels durch den Staub der sich häufenden Vulkanausbrüche und die Abgase im Flugwesen, vor dem steigenden Meeresspiegel, den sinkenden Küsten, dem Ozonschwund oben, der Ozonhäufung unten. Wer nicht die passive Phantasie besitzt, sich die vernichtenden Erdkatastrophen vorzustellen, ist kein Realist. Realistsein ist keine Qualität, sondern Eigenschaft, Sicht und der Zustand, den die Zeit allen euch Eltern gebietet. Zwar wird die Wirklichkeit alsbald auch den hartnäckigsten Verdränger eingeholt haben, selbst wenn er sie bis zu seinem physischen Untergang verleugnet, aber bis

dahin bleibt er ein rüstiger wahrnehmungsfremder Verdränger.
All dies konnte und wollte ich den Jugendlichen in Weilheim nicht sagen. Denn sie sind ja nicht schuldig. Und mein Vertrauen in das Wort war und ist nicht groß genug, um mich glauben zu machen, es könne verhindern, daß Unschuldige schuldig werden. Ein Grundsatz des ›World Wildlife Fund‹ lautet: ›Wir haben die Erde nicht von unseren Eltern geerbt, sondern von unseren Kindern geliehen.‹ In welchem Zustand werdet ihr Eltern sie ihnen dereinst übergeben? Und wie viele Milliarden werden es sein, die sich in das Übriggebliebene teilen müssen?

Nachwort von
Christiaan L. Hart Nibbrig

Wolfgang Hildesheimers Tod am 21. August 1991 – kaum hatte er das *Postscriptum* abgeschlossen und in Eile auf den Weg gebracht – gibt diesem Manifest eine jähe Endgültigkeit und die Emphase unerbittlicher Härte. So war's gemeint, und so müssen wir's stehen lassen. Als seine letzte Warnung, aus verzweifelter Sorge um Natur und Kreatur, nicht aus bitterer Verhärtung, aus verletzter Sympathie, mit den Tieren zumal, nicht aus apokalyptischer Laune. Aus »Realismus«, wie er sagt, und deshalb pessimistisch. Aber unverzagt. In dieser Haltung arbeitete und lebte er schon immer. Vor allem aber: das letzte Wort hat er selber zu sagen sich geweigert und damit trotz allem die Möglichkeit offengelassen, am Ende nicht recht zu behalten. Die Kraft des Hoffens, an die er bei seinen jugendlichen Zuhörern appelliert, richtet sich nicht auf eine Zukunft, die als Geschick von vorn und von außen einfach hereinbricht, sondern auf eine Zukunft, die längst begonnen hat, zu verantworten von uns, gestern und heute. Hoffnung als die Fähigkeit der Phantasie vorauszudenken, umzudenken. Hoffnung also als Überlebenschance. »Vielleicht hofft es in mir«, fragt Hildesheimer am Ende seiner Auseinandersetzung mit Mozarts Requiem – *Herr, gib ihnen die ewige Ruhe nicht* – in sich hinein, »ohne daß ich es weiß, und es ist das, was mich am Leben erhält?« Solches Hoffen wider den Lauf der Dinge – kein Prinzip, eher so etwas wie Pulsschlag, vielleicht – hat nichts zu schaffen mit der Entschuldigungsmaschine jener vagen Alibi-Zukunft, in der, wie die Verdränger unterstellen, sich alles von selbst wieder einrenkt, »irgendwie«. Nichts verabscheute Hildesheimer, auch in seiner Arbeit mit Sprache sowohl wie mit Farben und Formen, so sehr wie solches »irgendwie«. Nicht minder indessen auch alle festlegbare Eindeutigkeit, in der das lebendige Spiel der Kräfte, das zu inszenieren er nicht müde wurde, abbricht und abstirbt. Vor solchem haschenden Zugriff blieb er auf der Hut und ein Leben lang auf der Flucht, zu sehr »immer wieder ein anderer«, wie es am Ende von *Mitteilungen an Max* heißt, als daß er gezielt nicht immer wieder Spuren verwischte, immer wieder, in kreativer kontrapunktischer Existenz, den Ort verlassend, wo man ihn sicher zu finden vermutete. Mit Marbot – der ein Teil wurde von ihm und den er, war er einmal erfunden da, zuweilen sprechen ließ an seiner Statt – teilte er die Schwierigkeit, »in dieser Welt heimisch zu werden«.

In der Büchner-Preis-Rede hatte Hildesheimer 1966 schon gesagt: »Zwar wird, wer die Wahrheit sagt, nicht mehr gehenkt, aber er wird auch nicht gehört. Die Resignation vor dieser Tatsache, denke ich, wäre heute wie damals ein Grund zur Flucht in die Poesie.« Das gilt, nachdem alle literarischen Fluchtwege erprobt waren, besonders auch für seine Arbeit an Collagen. Daß es sich dabei um Spiel- und Fluchträume handelt, hat er öfter betont. Nur, daß es Flucht ist aus Trotz und daß diese Gegenwelten visueller Phantasie – »eine metaphorische Parallele und gleichzeitig eine Paraphrase der Realität«, wie es die Einführung in den Collagen-Band

In Erwartung der Nacht formuliert – Widerstand leisten und zusehends in sich aufnehmen und umsetzen, wovon sie sich abstoßen. In zunehmendem Maße braut sich in ihnen, bedrohlich schön, ›etwas‹ zusammen, was sprachlich nicht zu betiteln ist und, durch exakte Spielfreude, schneidend und klebend, bis zu jenem Punkt getrieben wird, wo es, nach Hildesheimers Maß des Gelingens, als »gesteuerter Effekt« scheitert und, der Kontrollierbarkeit mit Eigensinn sich entziehend, als beglückende Überraschung künstlerisch losgelassen werden muß und kann. In *Landschaft mit Phoenix*, dem dritten und letzten Collagen-Band, findet sich ein Bild mit dem Titel »Unheilvolles«. Der begleitende Text lautet: »Wieder Mona Lisa, wieder verfremdet, diesmal waagrecht. Was Haar war, ist an den Rändern mit Tusche getieft, nur an der gezerrten Silhouette des Kopfes kenntlich, halb Wolke, halb Waffe. Und doch zieht sie in träger Weile oben über das Bild, Begleiterscheinungen haften an ihr oder eilen ihr voraus. Das Unheil wirft seinen Schatten, zieht aber noch einmal vor-

bei.« Ent-täuschung. Mit fasziniertem Staunen hatte Wolfgang Hildesheimer dieses Wort kurz vor seinem Tod für sich wiederentdeckt, wörtlich.
Im Hinblick auf das vorliegende kleine Buch, dem sie argumentativ, nicht ornamental beigefügt werden sollten, entstanden die beiden späten Collagen. Seit es ihm die Sprache verschlug, konnte er in Bildern besser argumentieren. Sie waren seine besten Argumente. »Flucht« nannte er das eine, »Desintegration« das andre. Im Assoziationsraum, den sie eröffnen, verdichtet sich jenseits der Sprache, was der Künstler mündlich sagen, schriftlich nachtragen wollte. Von links unten scheint die Fluchtbewegung der urzeitlichen Tierwesen – oder sind es nur ihre Schatten? – in einer Schleife nach links oben ihren Ausgang zu nehmen, getrieben von einem unsichtbaren Wind gemeinsamer Angst, mit fliegender, galoppierender Eile im Himmel und auf der Erde. Und doch ist es, sieht man länger hin, als ob die zeitliche und räumliche Dynamik gleichsam postkatastrophal auch schon wieder

flach- und stillgelegt wird – Thematisierung des finalen Preßvorgangs beim Collagieren auch? –, eingelegt in abgekühlte, sandig bröckelnde Materie, Dokumentation sedimentierten Lebens – wie die Skelett- und Wirbelspuren links unten –, im Futur der Vergangenheit, versteinert und gerettet im Bild, aber eben nur im Bild. Auch die schwarze Sprenkelung der zweiten Collage über dem flammenden Menetekel, das verschwindet, wenn man es als Lebewesen zu lesen beginnt, scheint einen anderen, späteren Zustand zu bezeichnen – einer menschlichen Gestalt? zugewandt? abgewandt? – verkohlte, schwarze Asche vielleicht, Stoff des Trauerrands auch, aus dem das Bild aufsteigt und den es aus eigner Kraft in freier Formauflösung sprengt. Es präfiguriert Hildesheimers letzte Arbeit, die er, bevor er starb, noch aus der Presse nahm und rahmte: »Totentanz«.

Zwischen der *Rede an die Jugend* und dem *Postscriptum für die Eltern* schrieb Hildesheimer die Vorrede zu *Landschaft mit Phoenix*: ein letztes prägnantes Stück Prosa aus seiner

Hand, in dem er von seiner Arbeit spricht und von sich selbst wie selten sonst, wieder als »ein andrer«, scheinbar, und gerade deshalb als er selbst. Im Zusammenhang damit sind die beiden anderen Texte zu lesen, die ebensowenig in die »Gesammelten Werke« hatten aufgenommen werden können. Der folgende Ausschnitt überholt jedes Nach-Wort und verstärkt die Gewißheit, daß die zurückgelassene Spur seines Schaffens, das er brauchte, »um in der Gegenwart zu überleben«, diese Gegenwart überlebt:
»Die Bilder sind also größer geworden. Sie sind gewichtiger und – subjektiv und selbstverständlich außerhalb der Kriterien des qualitativ Gelungenen gesehen – vielschichtiger, vielsagender und, trotz gelegentlicher Einkehr in nostalgische Idyllen und alte Sehnsüchte – radikaler in ihrem Engagement an den kreativen Prozeß. Manchmal erscheinen sie mir spröde bis zur Vehemenz, was wohl daran liegt, daß sie das einzige künstlerische Ausdrucksmittel sind, dessen ich mich in den letzten beiden Jahren bedient habe. Die Collage ist mir eine Art Lebens-

zweck, ja zur Lebensform geworden, sie beansprucht mein kreatives Vorausdenken ausschließlich oder – genauer – nahezu ausschließlich: Irgendwo, noch tief unten, regt sich der Gedanke, einen kurzen Essay über den letzten Monolog des Macbeth zu schreiben (»Tomorrow and tomorrow and tomorrow . . .«). Doch bevor er noch irgendeine Gestalt annimmt – wenn er es je tun sollte –, wird sich, obgleich alles andere als ein visuell darstellbares Thema, die Beschäftigung mit ihm, kenntlich oder unkenntlich, in mancher Collage niederschlagen.
Dies ist eine jener autobiographischen Feststellungen, wie sie, ohne daß ich sie plane, ausschließlich den Einführungen zu meinen Collage-Bänden vorbehalten sind. Sie sollten aber nicht dazu verleiten, die Bilder dahingehend zu deuten, daß sie, über Gedankliches hinaus, Gestimmtheiten oder Gemütsverfassungen wiedergeben. (Hier liegt ja der Kapitalfehler beinah aller Biographik, wie sie wachsend und mit beharrlicher Penetranz zu spüren ist.) Alle meine Collagen entspringen dem Spieltrieb, wenn nicht

gar dem Spielzwang, der ein Leben lang mein primäres Movens war und, hoffentlich, bleiben wird. Immer habe ich versucht, Kunstfiguren nicht nur vorstellbar zu machen, sondern auch ihre Existenz, wenn nicht in Wahrheit, so doch in Wahrhaftigkeit, zu etablieren. Ich habe mit ihnen gelebt und mich in sie hineingelebt, wahrscheinlich ist ein Teil von mir in ihnen geblieben. Ihre Hintergründe sind aus meinem Leben und aus dem Leben anderer gegriffen, mit größtmöglicher atmosphärischer, psychologischer und sogar topographischer Präzision. (Wie gesagt: ich spreche nicht vom Gelingen.)
So enthält auch dieses Buch, in phantastisch abgewandelter Form, meine Figuren, ihren Gestus und ihre Pose und, vor allem, ihre Hintergründe, mitunter auch nur Gestus, Pose und Hintergrund ohne die Gestalt selbst. Alle meine Figurationen sind ›Mach-Werke‹. Das Machen ist ein Akt höchster Intensität und Konzentration. Ihr Gelingen – wenn sie gelingen – ist ein Erlebnis, ein Höhepunkt aktiver Phantasie. Nicht daß ich

mich, wie der douanier Rousseau, von den selbstgeschaffenen Räumen bedrängt fühlte, doch sie sind für mich Wirklichkeit und stellen immer wieder Felder von Fluchtpunkten dar, wie ich sie brauche, um in der Gegenwart zu überleben.«

Inhalt

Die Bücher von Wolfgang Hildesheimer
im Suhrkamp Verlag

Lieblose Legenden
Bibliothek Suhrkamp 84. 1962

Vergebliche Aufzeichnungen/Nachtstück
Mit sieben Illustrationen des Verfassers. 1962
edition suhrkamp 23. 1963

Die Verspätung. Ein Stück in zwei Teilen
edition suhrkamp 13. 1963

Herrn Walsers Raben/Unter der Erde
Zwei Hörspiele
edition suhrkamp 77. 1964

Tynset. Roman. 1965
Bibliothek Suhrkamp 365. 1973

Das Opfer Helena/Monolog
Zwei Hörspiele
edition suhrkamp 118. 1965

Wer war Mozart? Becketts »Spiel«
Über das absurde Theater. Drei Aufsätze
edition suhrkamp 190. 1966

Interpretationen. James Joyce. Georg Büchner
Zwei Frankfurter Vorlesungen
edition suhrkamp 297. 1969

Mary Stuart. Eine historische Szene. 1971

Zeiten in Cornwall
Mit 7 Zeichnungen des Autors
Bibliothek Suhrkamp 281. 1971
suhrkamp taschenbuch 1866. 1991

Masante. Roman. 1973
Bibliothek Suhrkamp 465. 1975
suhrkamp taschenbuch 1467. 1988

Hauskauf. Hörspiel
Bibliothek Suhrkamp 417. 1974

Paradies der falschen Vögel. Roman
suhrkamp taschenbuch 295. 1975

Theaterstücke. Über das absurde Theater
suhrkamp taschenbuch 362. 1976

Hörspiele
suhrkamp taschenbuch 363. 1976

Biosphärenklänge. Ein Hörspiel
Bibliothek Suhrkamp 533. 1977

Mozart. 1977
suhrkamp taschenbuch 598. 1980

Exerzitien mit Papst Johannes.
Vergebliche Aufzeichnungen
Bibliothek Suhrkamp 647. 1979

Marbot. Eine Biographie. 1981
suhrkamp taschenbuch 1009. 1984

Mitteilungen an Max über den Stand der Dinge
und anderes. Mit einem Glossarium und sechs
Tuschezeichnungen des Autors. 1983
suhrkamp taschenbuch 1276. 1986

Das Ende der Fiktionen. Gesammelte Reden. 1984
suhrkamp taschenbuch 1539. 1988

The Jewishness of Mr. Bloom. Das Jüdische an
Mr. Bloom. Englisch/Deutsch
edition suhrkamp 1292. 1984

Endlich allein.
32 Collagen im Originalformat.
Mit einem Vorwort des Künstlers. 1984

In Erwartung der Nacht.
32 Collagen im Originalformat.
Mit einem Vorwort des Künstlers. 1986

Nachlese. 1987

Die Hörspiele
Herausgegeben und mit einem Nachwort versehen
von Volker Jehle
suhrkamp taschenbuch 1583. 1988

Vergebliche Aufzeichnungen
Mit acht Rastercollagen des Autors
Bibliothek Suhrkamp 516. 1989

Die Theaterstücke
Herausgegeben und mit einem Nachwort versehen
von Volker Jehle
suhrkamp taschenbuch 1655. 1989

Klage und Anklage. 1989

Landschaft mit Phoenix.
32 Collagen im Originalformat.
Mit einem Vorwort des Künstlers. 1991

Gesammelte Werke in sieben Bänden
Herausgegeben von Christiaan L. Hart Nibbrig
und Volker Jehle. 1991

Rede an die Jugend.
Mit einem Postscriptum für die Eltern
und zwei Collagen
Nachwort von Christiaan L. Hart Nibbrig. 1991

Über Wolfgang Hildesheimer
Herausgegeben von Dierk Rodewald
edition suhrkamp 488. 1971

Wolfgang Hildesheimer
Herausgegeben von Volker Jehle
stm. suhrkamp taschenbuch 2103. 1989

Wolfgang Hildesheimer. Werkgeschichte
Von Volker Jehle
stm. suhrkamp taschenbuch 2109. 1990